N° 235. G. Terburg

# DESSINS ANCIENS

DE 967



## TOUTES LES ECOLES

DU XVᵉ AU XVIIIᵉ SIÈCLE

PROVENANT

De la Collection du Mˢ de V...

VENTE DES 25 ET 26 NOVEMBRE 1907

HOTEL DROUOT, SALLE N° 6

A DEUX HEURES

COMMISSAIRE-PRISEUR

Mᵉ F. LAIR-DUBREUIL
6, rue Favart, 6

EXPERT

M. PAUL ROBLIN
65, rue Saint-Lazare, 65

# DÉSIGNATION SOMMAIRE

## PREMIÈRE VACATION

1. ALDEGREVER (Attr. à Henry). Saint Georges à cheval tue le Dragon.

2. ALTDORFER (Attr. à Alb.). Le Roi Salomon sortant de son Palais.

3. AUBERT (Antoine-Raymond). Un Jeune Cabaretier. . . . . . . . .

4. AUBERT (Antoine-Raymond). Portrait d'une Jeune Femme à mi-corps. .

5. AUBRY (xviiie siècle). Intérieur villageois. . . . . . . . . . .

6. BÉGA (Cornélius). Servante portant un plat . . . . . . . . . . .

7. BÉHAM (Hans-Sébalt). Figure de Femme dans un limbe . . . . . .

8. BEHAM (Hans-Sébalt). Un Moine marche tenant un flambeau . . .

9. BÉHAM (Attr. à H.-Sébalt). La Chaire de la Cathédrale de Strasbourg

10. BERGHEM (Nicolas). Bergère et son troupeau. . . . . . . . . .

11. BOTH (Jean). Muletiers dans une Gorge. . . . . . . . . . . .

12. BOUCHARDON (Edme). Le Joueur de Flageolet. . . . . . . . . .

13. BOUCHARDON (Edme. Homme assis qui dort . . . . . . . . .

14. BOUCHARDON (Edme). Statue de Louis XV . . . . . . . . . .

15. BOUCHER (François). La Bergère au Cœur. . . . . . . . . .

16. BOUCHER (François). Jeune Femme nue assise . . . . . . . .

17. BOUCHER (François). Jeune Femme appuyée sur un coussin. . . .

18. BRAUWER (Adrien). Un Homme assis tenant une gazette . . . . . .

19. BREENBERG (Bartolomeus). Paysage avec palais en ruines. . . . .

20. BREUGHEL LE VIEUX (Pierre). Paysage avec charrette attelée. .

21. BRY (Théodore de). Troupe d'Hommes en marche. . . . . . . .

22 CALLOT (Jacques). Hommes d'armes. . . . . . . . . . . . .

23. CARESME (Philippe). Le Culte systématique. . . . . . . . . .

24. CARESME (Philippe) Bacchus courtisant une divinité. . . . . . .

25. CARMONTELLE (L. Carogis de). Jeune Femme représentée en pied.

26. CASTIGLIONE (Giovanni-Benedetto). Le Christ en croix. . . . .

27. CHARDIN (Jean-Baptiste-Siméon). Vieille Femme qui s'endort. . .

28. CHARDIN (J.-B.-Siméon). Madame de Graffigny tenant un dévidoir.

29. CHARLIER (Jacques). Composition pour dessus de porte. . . . . .

30. CHATELET (xviiiᵉ siècle). Vue d'une place. . . . . . . . .

31. CLOUET (École de). Portrait d'une Jeune Femme avec toque. . . . .

32. COCQUE (Gonzalès). Portrait de Guillaume le Taciturne. . . . . . .

33. COCQUE (Gonzalès). Profil de Jeune Seigneur. . . . . . . . . .

34. COCHIN LE FILS (Ch.-N.). Portrait de Mᵐᵉ la Marquise de Villette

35. COCHIN LE FILS (Attr. à Charles-Nicolas). Portrait de Méruau. .

36. CORNEILLE DE LYON (Attr. à C.). Portrait d'Homme dirigé à droite

37. COUTELLIER (xviiiᵉ siècle). Portrait de Michu, acteur. . . . . . .

38. COYPEL (Charles). Les Femmes savantes. . . . . . . . . . .

39. CRANACH (Lucas). Une Femme nue tient dans la main une pomme.

40. CUYP (Albert). Un Lévrier. Tête de lévrier. . . . . . . . . .

41. DANLOUX (Attr. à Pierre). Portrait d'une Jeune Femme . . . . . .

42. DESPORTES (Philippe). Un Chasseur assis . . . . . . . . . .

43. DOW (Gérard). Portrait d'une Dame âgée. . . . . . . . . . .

44. DROUAIS (Fr.-Henry). Petite Fille qui se cache derrière un rideau.

45. DROUAIS (Fr.-Henry). Portrait du Roi Stanislas Leckzinski. . . . .

46. DROUAIS (Fr.-Henry). Portrait du Comte de Provence. . . . . . .

47. DUMONSTIER (Daniel). Portrait de Marie Touchet. . . . . . . .

48. DURAMEAU (Louis-Jean-Jacques). Scène de l'Histoire ancienne. . .

49. DURER (Albert). Deux Chauve-souris. . . . . . . . . . .

50. DURER (École d'Albert). Son Portrait. . . . . . . . . .

51. DURER (École d'Albert). Vierge avec Adorateurs. . . . . . . .

52. DU SART (Cornélis). Un Homme assis, qui lit près d'une table . .

53. DU SART (Cornélis). Un Homme assis tient un verre . . . . . .

54. DU SART (Cornélis). Sarah fait bénir Isaac. . . . . . . . .

55. DYCK (Antoine van). Portrait d'Homme à collerette . . . . . .

56. DYCK (Antoine van). Les Trois Grâces, d'après P.-P. Rubens . . .

57. DYCK (Antoine van). Portrait d'un Magistrat à mi corps . . . . .

58. ÉCOLE ALLEMANDE (xve siècle). La Mise au tombeau . . . . .

59. ÉCOLE ALLEMANDE (Fin du xve siècle). Saint Christophe . . . . .

60. ÉCOLE ALLEMANDE (xvie siècle). Figure de Femme nue en pied.

61. ÉCOLE ALLEMANDE (xvie siècle). Portrait de Hulfibied. . . . .

62. ÉCOLE ALLEMANDE (xvie siècle). Le Christ en robe . . . . . .

63. ÉCOLE ALLEMANDE (xviie s.). Portrait d'Homme à grande barbe.

64. ÉCOLE DE BASLE (xvie siècle). Un Seigneur à cheval. . . . . .

65. ÉCOLE DE BASLE (xvie siècle). Deux croquis . . . . . . . .

66. ÉCOLE DE BASLE (xvie siècle). Une Foire. . . . . . . . . . . . .

67. ÉCOLE DE BASLE (xvie siècle). Une Vierge entourée d'ornements .

68. ÉCOLE DE BASLE (xvie siècle). Portement de Croix . . . . . . .

69. ÉCOLE DE BASLE (xvie s.). Lansquenet, Amour et Études de bras .

70. ÉCOLE DE BASLE (xvie siècle). Soldat entrant dans une ville . . .

71. ÉCOLE DE BASLE (xvie siècle). Portrait d'un Chevalier en cuirasse.

72. ÉCOLE DE BASLE (xvie siècle). Un Saint en habit de cardinal. . .

73. ÉCOLE DE BRUGES (Fin du xve siècle). Retable : la Vie de la Vierge.

74. ÉCOLE DE BRUGES (xvie siècle). Femme tenant un œillet . . . .

75. ÉCOLE FLAMANDE (xve siècle). Sainte Femme à genoux. . . . .

76. ÉCOLE FLAMANDE (xve siècle). Les Disciples d'Emmaüs . . . .

77. ÉCOLE FLAMANDE (xve siècle). Retour du Calvaire . . . . . . .

78. ÉCOLE FLAMANDE (xve s.). La Vierge et les Apôtres au Calvaire.

79. ÉCOLE FLAMANDE (xve siècle). La Descente de croix . . . . . .

80. ÉCOLE FLAMANDE (xve siècle). Le Crucifiement . . . . . . .

81. ÉCOLE FLAMANDE (xve siècle). Saint-Paul. . . . . . . . .

82. ÉCOLE FLAMANDE (xviie siècle). Feuille de croquis. . . . . .

83. ÉCOLE FRANÇAISE (xve siècle). La Nativité . . . . . . . . .

84. ÉCOLE DES VALOIS (xviie siècle). Caricature sur Bassompierre .

85. ÉCOLE FRANÇAISE (xviiie siècle). Portrait de Mme d'Epinay . . .

86. ÉCOLE FRANÇAISE (xviiie siècle). Portrait de Femme . . . . .

87. ÉCOLE FRANÇAISE (xviiie s.). Portrait de Femme, profil à gauche.

88. ÉCOLE HOLLANDAISE (xviie siècle). Côteau boisé et Plaine . . .

89. ÉCOLE HOLLANDAISE (xviie siècle). Une Kermesse. . . . . . .

90. ÉCOLE HOLLANDAISE (xviie siècle). Marine avec grands vaisseaux

91. ÉCOLE HOLLANDAISE (xviiie siècle). Un Château briqué . . . .

92. ÉCOLE HOLLANDAISE (xviiie s.). Paysage au bord d'une rivière.

93. ÉCOLE ITALIENNE (xvie siècle). Jésus au Jardin des Oliviers. . .

94. EECKHOUT (Gerbrandt van). L'Adoration des Mages. . . . . . .

95. EECKHOUT (Gerbrandt van). Une Cour devant les ruines. . . . .

96. ELSEMER (Adam). Bétail au bord de l'eau. . . . . . . . . .

97. EVERDINGEN (Albert van). Paysages. . . . . . . . . . . .

98. EYCK (Attr. à J. van). Philippe le Bon tenant un faucon sur le poing.

99. FALENS (van). Un cheval sellé. . . . . . . . . . . . .

100. FERNANDEZ (xviiie siècle). Portrait de Perronneau, peintre . . . .

101. FRAGONARD (Honoré). A la Moisson; paysage avec figures . . . .

102. FRANCK (François). Une Caravane . . . . . . . . .

103. FREMINET (Martin de). Diane de Poitiers. . . . . . . . .

104. FREUDENBERG (Sigismond). Deux Jeunes Femmes d ns un par..

105. FREUDENBERG (Sigismond). Deux Jeunes Femmes dans un pays age.

106. GELLÉE DIT LE LORRAIN (Cl.). Paysage avec arbres et rochers.

107. GILLOT (Claude). Personnages de la Comédie Italienne. . . . . . . .

108. GILLOT (Claude). Le Rendez-vous. . . . . . . . . . .

109. GOLTZIUS (Henri). Vénus et l'Amour. . . . . . . . . . .

110. GOLTZIUS (Attr. à Henri). Portrait d'un Archiduc d'Autriche. . .

111. GOLTZIUS (École de Henri). Figures de Femmes debout. . . . . .

112. GOUJON (Jean). Projet de façade avec colonnade. . . . . . . .

113. GOUJON (École de Jean). Groupe de personnages. . . . . . . .

114. GRAF (Urse). Deux Personnages marchant vers la gauche. . . . . .

115. GRÉGOIRE D'AIX. Un Marché en Italie. . . . . . . . . .

116. GREUZE (Jean-Baptiste). Bonaparte 1er Consul, debout. . . . . .

117. GREUZE (Jean-Baptiste). Étude pour l'offrande à l'Amour. . . . .

118. GREUZE (Jean-Baptiste). La Réconciliation. . . . . . . . . .

119. GREUZE (Jean-Baptiste). L'Amour curieux . . . . . . . . . .

120. GREUZE (Jean-Baptiste). Jeune Garçon agenouillé. . . . . . .

121. GREUZE (Jean-Baptiste). Tête de Jeune Fille. . . . . . .

122. GRIFF (Antoine). Valet accouplant des chiens. . . . . . .

123. GRÜNWALD (Attr. à Mathias). Jésus au Jardin des Oliviers . . . .

124. GUÉRIN (F.). Allégorie pour la naissance du Dauphin. . . . . .

125. HALS (Attr. à Jack). Seigneurs en promenade. . . . . .

126. HEINSIUS (xviii⁰ siecle). Portrait de Femme. . . . . .

127. HEYDEN (van Der). Une Rue de village . . . . . .

128. HOBBEMA (Attr. à Mender). Groupe d'arbres avec maisons. . . . .

129. HOBBEMA (Attr. à Mender). Clairière dans un bois. . . . . .

130. HOLBEIN (Hans). Portrait d'Érasme. . . . . . .

131. HOLBEIN (Hans). Un des sujets de la Danse des Morts. . . . .

132. HOLBEIN (École de Hans). La Vierge, Saint-Anne et l'Enfant Jésus.

133. HOLBEIN (Attr. à Hans). Un Prêche. . . . . . .

## DEUXIÈME VACATION

134. HORST (N. van). Portrait d'un Prince de Savoie. . . . . .

135. HUYSUM (Jan van). Fruits sur une console . . . . . .

136. JORDAENS (Jacob). Étude d'homme nu assis . . . . . . . . . .

137. JURÉS (Daniel). Les Couches de la Vierge . . . . . . . . . .

138. KUZEL (Melchior). Un Guerrier chargeant . . . . . . . . . .

139. LAGNEAU. Portrait d'un Vieillard à grande barbe. . . . . . . .

140. LAGNEAU. Portrait d'Ambroise Paré . . . . . . . . . . .

141. LAGNEAU. Portrait de Gabrielle d'Estrées . . . . . . . . . .

142. LAGNEAU. Portrait de Saint Vincent de Paule . . . . . . . . .

143. LANCRET (Nicolas). Jeune Femme assise tenant un éventail. . . .

144. LANCRET (Nicolas). Jeune Femme assise . . . . . . . . .

145. LAWRENCE (Sir Thomas). Portrait du comte de Bruhl . . . . . .

146. LE BRUN (Charles). La Chute de Phaéton. . . . . . . . . .

147. LEBRUN (Attr. à Mme Louise Vigée). Portrait de Jeune Femme . .

148. LÉONI (Ottavio). Portrait de Saint François de Sales . . . . . .

149. LEFÈVRE (Claude). Portrait d'Abbé. . . . . . . . . . . .

150. LE PRINCE (Jean-Baptiste). Intérieur d'habitation russe. . . . . .

151. LEYDE (Lucas de). Le Songe de Joseph. . . . . . . . . . .

152. LEYDE (D'ap. Lucas de). Jésus avec la Vierge, entouré de ses disciples

153. LEYDE (D'après Lucas de). La Ronde de Faust . . . . . . . . .

154. LEYDE (Attr. à Lucas de). Meurtre d'un Moine . . . . . . . .

155. LIOTARD (Jean-Étienne). Soubrette debout. . . . . . . . . .

156. LIÉVENS (Jean). Une Porte de Village . . . . . . . . . . .

157. LORCH (Melchior). Tête d'Homme, profil à gauche. . . . . . . .

158. MARILLIER (P.-Cl.). Jean-Jacques-Rousseau et Madame de Warens

159. MECHLEN (Attr. à Israel de). Deux Personnages dansant . . . . .

160. METZU (Gabriel). Jeune Femme assise. . . . . . . . . .

161. METZYS (Attr. à Quentin). Tête d'Homme . . . . . . . .

162. MIDELBACH (Gaspard). Paysage accidenté. . . . . . . . .

163. MIÉRIS (Willem van). Nymphes, amour et faune dans un bois . . .

164. MIGNARD (Pierre). Portrait de Mademoiselle de Fontanges . . . .

165. MIREWELD (Michel Janzoon). Portrait d'un Archiduc d'Autriche .

166. MOLENAERT (Pierre). La Pêche sur la glace. . . . . . . .

167. MONNET (Charles). Alexandre chez le grand-prêtre de Delphes . .

168. MOREAU le Jne (Attr. à J.-M.). La Rosalba peignant un portr. au past.

169. MOREAU LE JEUNE (Attr. à J.-M.) Vignette dans un médaillon. .

170. MOREAU (Louis). Paysage avec ruines . . . . . . . . . .

171. NANTEUIL (Robert). Portrait de Mgr de Clermont-Tonnerre . . .

172. NANTEUIL (Robert). Portrait du Régent. . . . . . . . . .

173. NANTEUIL (Robert). Portrait de Charles II . . . . . . . . .

174. NANTEUIL (Robert) Portrait du Maréchal de Luxembourg. . . . .

175. NATTIER (Jean-Marc). Jeune Femme en buste. . . . . . . .

176. OSTADE (Adrian van). Le Maître peignant dans son atelier. . . . .

177. OSTADE (Adrian van). Intérieur de cabaret. . . . . . . . . .

178. OSTADE (Adrian van). Joueur de violon dans un groupe. . . . . .

179. OSTADE (Adrian van). Cour et Maisons, avec figures. . . . . . .

180. OSTADE (Adrian van). Vieille Femme et quatre enfants. . . . . . .

181. OSTADE (Isaac van). Village au bord d'une rivière gelée. . . . . .

182. PALAMÈDE (Antoine). Une Orgie . . . . . . . . . . . .

183. PALAMÈDE (Antoine). Un Concert. . . . . . . . . . . .

184. PATER (Attr. à Jean-Baptiste). Une Danseuse. . . . . . . . .

185. PERRONNEAU (Jean-Baptiste). Portrait d'Homme à mi-corps. . . .

186. PICARD (Bernard). Les Appellans au futur Concile général. . . .

187. POEL (van der). Nature morte. . . . . . . . . . . . . .

188. PORTAIL (J.-André). Jeune Seigneur assis, examinant un médaillon.

189. PORTAIL (Jacques-André). Un Homme debout joue du violoncelle.

190. POURBUS (Attr. à François). La Cour d'Élisabeth. . . . . . . .

191. PRUD'HON (P.-Paul). L'Amour en pied, avec sa torche renversée.

192. PRUD'HON (Pierre-Paul). Portrait d'une Jeune Femme en buste. .

193. PUGET (Pierre). Une Barque en mer avec matelots. . . . . . . .

194. PUJOS (André). Portrait de l'Artiste. . . . . . . . . . . . .

195. QUEVERDO (Attr. à F.-M.-Isidore). Un Cavalier saisit une Dame.

196. REMBRANDT. Deux Personnages assis derrière une table. . . . .

197. REMBRANDT. Tête d'Homme aux cent deniers. . . . . . . . . .

198. REMBRANDT (École de). Le Jugement de Salomon. . . . . . . .

199. REMBRANDT (École de). Les Trompettes de Jéricho. . . . . . . .

200. REMBRANDT (École de). La Marchande de crêpes. . . . . . . .

201. REMBRANDT (École de). Un Homme assis dans un cachot. . . . .

202. REMBRANDT (École de). Deux Personnages causant. . . . . . . .

203. REMBRANDT (École de). La Lecture du soir . . . . . . . . . .

204. REMBRANDT (École de). La Discussion chez la marchande . . . .

205. REMBRANDT (Éc. de). Escalier tournant. Figure à l'entrée de la cave

206. REMBRANDT (École de). La Fuite en Égypte. . . . . . . . . .

207. REMBRANDT (D'après). Onze têtes d'expression . . . . . . . . .

208. RIEDER (Georges). Les Juges aveugles au poing coupé . . . . . .

209. RIGAUD (Hyacinthe). Portrait de Charles d'Hozier . . . . . . . .

210. ROBERT (Hubert). Groupes de personnages . . . . . . . . .

211. ROBERT (Hubert). Paysage avec temple, animé de figures . . . . .

212. RUBENS (Pierre-Paul). Portrait de son Fils . . . . . . . . .

213. RUBENS (Pierre-Paul). Personnage en pied avec cuirasse. . . . . .

214. RUBENS (Pierre-Paul). Saturne mangeant un enfant . . . . . . .

215. RUBENS (Pierre-Paul). Sujet religieux. . . . . . . . . . . . .

216. RUBENS (École de Pierre-Paul). Baptême d'une Femme . . . . . .

217. SAINT-AUBIN (Auguste de). Portrait de Jeune Femme . . . . . .

218. SAINT-AUBIN (Augustin de). La Bouquetière galante. . . . . . .

219. SAINT-AUBIN (Augustin de). Portrait de Jeune Fille . . . . . . .

220. SAINT-AUBIN (A. de). Portrait en pied du Dauphin Louis XVII . .

221. SAINT-AUBIN (Augustin de). Portrait de la Duchesse de Bourbon.

222. SAINT-AUBIN (Gabriel de). La Leçon de harpe . . . . . . . .

223. SCHENAU (Jean-Éléazar). La Visite à la Grand'mère . . . . . .

224. SCHIFFLE (Georges-Henry). Seigneur à cheval galopant . . . . .

225. SCHONGAUER (Martin). Un Ange soutenant deux écussons. . . .

226. SCHORELL (Giovanni). Portement de Croix . . . . . . . . . .

227. SILVESTRE (Israel). Un Seigneur et une Dame dans un paysage. .

228. SPRANGER (Barth). Lucrèce, assise sur un lit . . . . . . . .

229. SPRONG (Gerhard). Portrait de Femme à collerette . . . . . . .

230. STEEN (Jean). Deux Joueurs de musette . . . . . . . . .

231. SWICK (Thomas). Femme cherchant des poux . . . . . . . .

232. TAUNAY (Nicolas-Antoine). Un Rendez-Vous de chasse. . . . . .

233. TENIERS (Attr. à David). Un Jeune Cavalier, la canne à la main. .

234. TERBURG (Gérard). Cavalier assis. . . . . . . . .

235. TERBURG (Gérard). Un Seigneur debout et étude de jambe. . . .

236. TERBURG (Gérard). Portrait de Jeune Homme. . . . . . . . .

237. TERBURG (Gérard). Un Charretier, vu de dos . . . . . . . .

238. TERBURG (D'après Gérard). Le Message du Trompette . . . . . .

239. TITIEN (Attr. au). Visite au Prisonnier. . . . . . . . . .

240. TITIEN (École du). Chasse au sanglier . . . . . . . . . .

241. UDEN (Lucas van). Paysage. . . . . . . . . . . .

242. VAN LOO (Carle). Portrait de Jeune Fille . . .

243. VAN LOO (Carle). Portrait de Jeune Fille . . . . . . . . .

244. VESTIER (Antoine). Jeune Femme en pied. . . . . . . . . . .

245. WATTEAU (Antoine. Femme assise, regardant à gauche. . . . . . .

246. WATTEAU (Antoine) Feuille d'étude : Deux Femmes assises. . . .

247. WATTEAU (Antoine). Feuille d'étude : Trois personnages . . . . .

248. WATTEAU (Antoine). Portrait de la Reynière. . . . . . . . .

249. WATTEAU (D'après Antoine). La Leçon de Lecture. . . . . . . . .

250 WEENIX PÈRE (Johann. Nature morte : Fruits et Gibier. . . . . .

251. WEIDEN (Attr. à van der). Vitrail représ. l'ascension de Jésus-Christ.

252. WENDERLING. Cheminée pour le château d'Eidelberg. . . . . . .

253. WITT (Attr. à Gaspard de). Portrait d'Homme. . . . . . . .

254. WŒNIUS (Otto). Deux Amours dans un paysage. . . . . . . .

255. WOLGMUTZ (Attr. à). Saint debout tenant une harpe. . . . . . . .

256. WOUVERMANS (Philippe). Un Seigneur tient en bride son cheval.

257. WOUVERMANS (Philippe). Un Cavalier tenant un cheval en laisse.

258. WOUVERMANS (Philippe). Un Cheval sellé attaché à un arbre . .

259. WOUVERMANS (Philippe). Un Charretier conduisant sa charette.

260. WURTZ (Christophe). Le Couronnement d'épines. . . . . . . .

Imp. de l'Art, Ch. BERGER et Cie, rue de la Victoire. — Paris.

RED. :

14